Pierre Léoutre

L'âme corse

L'existence humaine était assez brève. Et elle comprenait des phases, plus ou moins intéressantes. Grosso modo, le début de la vie avait peu d'intérêt, le milieu pouvait être intéressant mais dépendait de divers facteurs qui n'étaient pas tous directement gérables et la fin de vie n'avait strictement aucun intérêt. Ce dernier mot, répété à plusieurs reprises pour qualifier les étapes de l'existence humaine, était essentiel, dans un monde construit autour de l'argent et in fine, de l'Ehpad. Le mot *intérêt* avait trois définitions : ce qui est utile, avantageux, ce qui convient, ce qui importe. Capital, part qu'une personne a dans une affaire. Somme due par le débiteur au créancier en plus du capital prêté. Le troisième volet de cette définition avait indubitablement et politiquement pris le dessus, à tous les niveaux, et c'était désolant. Presque autant que les perspectives de fin de vie, que j'avais signalée comme étant synonyme dans bien des cas de longues périodes à végéter dans un Ehpad, établissement d'hébergement pour personnes âgées dépendantes, solution qu'avait trouvée la société pour gérer le vieillissement de la population, tout en continuant le plus longtemps possible à faire un peu de profit en faveur des actionnaires qui avaient investi dans l'or gris. Ce constat n'était guère reluisant, j'en conviens. Il fallait par conséquent trouver des solutions ou, au moins, des compensations. Et poser de nombreuses questions. L'intérêt de l'existence ? C'est-à-dire le sens de la vie ? Le sujet n'était pas nouveau et la meilleure réponse apportée à ce jour restait celle de Monty Python : et il est vrai qu'à bien y réfléchir, le parcours terrestre de l'être humain n'est guère plus enviable que celle du poisson dans son aquarium. En ce moment, il m'arrive souvent de penser aux Pakistanais et aux Indiens qui sont en train de crever de chaleur, aux Ukrainiens qui se font massacrer par l'armée russe et au genre humain qui compte ses doses de vaccin. Vraiment une drôle d'époque, très éloignée des années disco. Selon Wikipédia, « le disco est un genre musical et une danse ayant émergé aux États-Unis au milieu des années 1970. Issu des genres funk, soul, pop, salsa et psychédélique, le disco est particulièrement popularisé pendant les années 1970, et revivra brièvement pendant quelque temps. Le terme dérive du mot en français *discothèque*. Son public initial est issu des communautés afro-américaine, latino-américaine, italo-américaine et psychédélique de New York et Philadelphie à la fin des années 1960 et début des années 1970. Le disco émerge en tant que réponse à la domination de la scène rock et à la stigmatisation de la musique dance par la contre-culture durant cette période. À son apogée, le genre se popularisa parmi de nombreux groupes et artistes », comme le Français Patrick Juvet (*Où sont les femmes ?* en 1977 ; *I Love America* en 1978) ; sauf que Patrick Juvet est suisse et est mort l'an dernier à Barcelone, en Espagne. Rien n'est simple. En outre, j'étais pour ma part rock'n'roll. Mais aussi blues ; jazz. Et musique classique (même si j'avais un peu de mal avec l'opéra, j'en conviens, hormis ceux de Mozart, dont je suis un inconditionnel. Bien entendu, je connais les réserves des puristes sur ce compositeur autrichien : plus génial qu'inventif, etc. Mais honnêtement, comment ne pas être à jamais subjugué par son *Requiem* ?). Si je synthétise ces premiers propos, le sens de la vie, c'est par conséquent la musique. La plus spectaculaire étant, naturellement, la Musique des Sphères (ou harmonie des sphères), cette théorie pythagoricienne qui veut que l'univers soit régi par des rapports numériques harmonieux ; supposition intéressante qui fut balayée par Aristote : « fort ingénieuse et fort poétique ; mais il est tout à fait impossible qu'il en soit ainsi. » Fermez le ban ; ou pas : les moines bouddhistes entendent aussi bien les sons humains que les sons célestes et Platon évoque le kosmos (où neuf sphères se meuvent et produisent un son) comme une harmonie cosmique. À suivre, donc. Les sondes envoyées dans l'espace par la Nasa nous envoient des images fascinantes et un jour viendront des sons tout aussi fascinants. En attendant, que continue la musique, les Rolling Stones, Pink Floyd, Miles Davis, ce que vous voulez, pourvu que les autorités religieuses de la Somalie nous laissent tranquilles. Leibniz en 1712 : « la musique est un exercice caché d'arithmétique, l'esprit n'ayant pas conscience qu'il est en train de compter » (Pythagore considérait déjà la musique comme une science mathématique). Béla Bartók et Iannis Xenakis utilisaient le nombre d'or et Einstein était un violoniste remarquable. Rien n'est simple.

Ma présence en Corse n'était pas simple à expliquer, non plus. J'ai voulu maintenir une petite flamme familiale vacillante, jetant mes dernières forces dans ce projet camusien qui peut se résumer à une vue spectaculaire sur la montagne et le ciel bleu, le Monte Rotondo qui s'inscrit dans les rares nuages blancs, gris ou noirs, et le soleil flamboyant, rouge et jaune, qui envahit le regard à chaque heure du jour et du soir. Une vue inlassable et quelques pensées fidèles à des disparus qui ont voulu m'offrir ces lieux uniques, une chimère qui en vaut bien une autre. Théodore de Neuhoff, éphémère roi de Corse, était prince des Chimères et inspirateur de Pascal Paoli ; il fut l'un des multiples personnages qu'a passionné l'Île de Beauté. Ma vie sans véritables racines était à cheval sur deux siècles, qui avaient infligé au monde la barbarie nazie puis la quatrième anthropozoonose, en attendant les conséquences imprévisibles du changement climatique et personne n'avait envie de rire. Et puis, quoi d'autre encore ? La caractéristique de tous ces malheurs était qu'ils concernaient l'ensemble du genre humain, ce qui rendaient dérisoires, si besoin était, les frontières géographiques et toutes les prétendues différences. D'où une forme de conscience universelle, fondée sur la peur de l'avenir, ce qui était mieux que rien, au bout du compte. Le Monte Rotondo, refuge des bandits corses, est un massif granitique. Très dur, très résistant à l'usure. Il pleut, il vente, il neige, le soleil brûle et la pierre reste là, immobile, elle traverse le temps alors que tant d'êtres humains ont déjà disparu. Des mathématiciens et physiciens allemands viennent de publier une théorie selon laquelle l'univers tout entier est doté de conscience, tout comme les machines ou les particules atomiques. Un calcul mathématique qui s'appuie sur une valeur nommée *Phi* (la 21e lettre de l'alphabet grec) et qui « représente le taux d'interconnexion dans un nœud, par exemple les connexions neuronales dans un cerveau, ou encore les connexions entre électrons et quarks dans un atome. Cette valeur représente le niveau de conscience du nœud étudié. Le cortex cérébral a une haute valeur de conscience car il contient un foyer très dense de connexions neuronales. Mais calculer phi est extrêmement compliqué. » Le nombre d'or est représenté habituellement par la lettre phi (φ), qui désigne ainsi la solution positive du trinôme $x^2-x-1 = 0$ soit $(1 + \sqrt{5})/2$ (ce qui vaut approximativement 1.618...).

J'avais toujours eu envie d'apprendre à jouer du piano mais je n'y étais jamais parvenu. L'un de mes amis pianistes avait tenté de me convaincre de la facilité de l'exercice et devant moi, avait plaqué ses deux mains sur le clavier tout en m'affirmant : « ce ne sont que des mathématiques ! ». Mais j'étais désespérément littéraire. Dans cette approche volontaire du *Phi*, j'ai alors cherché une association d'idées, afin de rendre plus compréhensible pour mon niveau de connaissances ces questions complexes. Et de fil en aiguille, j'en étais arrivé au mot *âme*. Absolument athée et totalement ignare en matière religieuse (voire absolument hostile au cléricalisme, opinions très affirmées qui étaient certes contrebalancées par une immense tolérance me rendant complètement indifférent aux dévotions d'autrui), j'étais face à cette découverte de l'âme comme une poule devant un œuf. L'âme, c'était pratique, car cela résolvait assez facilement la question de la vie après la mort, terreau de toutes les religions.

Personne n'a envie de mourir et il convient d'atteindre un sacré degré de sagesse philosophique pour ne pas avoir peur de la mort. Il fallait pourtant intégrer cette réalité qu'un jour, nous ne voyons plus le soleil se lever mais qu'à part notre propre personne, ce phénomène passe totalement inaperçu, sauf pour quelques proches qui oublient assez rapidement notre présence. Car la vie est plus puissante que la mort, même si celle-ci semble avoir le dernier mot (ce qui n'est pas tout à fait exact, même si la démonstration est difficile). Je n'évoque pas ici la métempsychose, la réincarnation, la vie après la mort, le paradis des Chrétiens, etc., mais un mécanisme plus ou moins chimique, quantifiable et quantifié, qui suppose des connaissances scientifiques et des expérimentations qui ne relèvent pas de mes compétences. Cela ressemble peu ou prou aux discussions sur le hasard et la prédétermination ; personnellement, j'ai un a priori favorable pour le hasard, car l'idée que tout soit écrit à l'avance, l'idée que nous ne soyons pas libres, me hérisse le poil. Mais je veux bien admettre que mes goûts et mes préférences ne soient pas des références indiscutables d'un point de vue critique. Cependant, il convient de relever l'intérêt de nos réflexions collectives à ce stade, bien loin des dogmes antiques et moyenâgeux. C'est incontestablement un progrès. Et c'est passionnant.

L'âme, donc, comme angle d'attaque de cette montagne spirituelle. Et bien, il est possible d'affirmer avec Jean-Paul Sartre que l'âme n'existe pas. Le terme le plus ancien et le plus approchant est hébreu : *nèphèsh* (en grec : *psyché* ; en latin, *anima*), le souffle de vie, ce qui respire et en ce sens, elle diffère de l'esprit car l'âme est liée au corps physique. Les religions s'en sont emparées avec l'objectif d'une croyance, d'un espoir de vie éternelle, de résurrection, de réincarnation. Le concile de Latran V proclama officiellement le dogme de l'immortalité de l'âme en 1513 ; mais le débat interne au monde judéo-chrétien fut vif et reste ouvert de nos jours : le théologien luthérien Oscar Cullmann publia en 1956, un ouvrage intitulé *Immortalité de l'âme, ou Résurrection des morts ?*, dans lequel il rappelle que le Nouveau Testament apprend au sujet du sort individuel de l'homme après la mort, non pas l'immortalité de l'âme mais la résurrection des morts. En 1907, le médecin britannique naturalisé américain Duncan MacDougall mesura, en pesant six personnes avant puis après leur décès, le poids de l'âme humaine, qu'il évalua à 21 grammes. Mais pour les scientifiques contemporains, la conscience est simplement une composition d'atomes et d'électrons, ce qui clôt, me semble-t-il, le débat.

Je faisais par conséquent ce constat lucide et vaguement désespérant au cœur de ma montagne corse, par une belle soirée de printemps, sous un magnifique ciel bleu dans lequel flottaient quelques rares nuages blancs qui paraissaient presque accessibles de la fenêtre de ma maison. Si les religions, la philosophie et les sciences ne m'apportaient aucune réponse probante, il me fallait pourtant persévérer pour comprendre ce sentiment vaguement mélancolique qui m'habitait alors que je foulais la terre d'une partie de mes ancêtres. Je devais pour ce faire opérer une fusion quasiment alchimique entre l'âme et l'esprit et le hasard de mes recherches sur mes origines me conduisit vers un ouvrage de Jean-Marc Salvadori, intitulé « l'âme corse : contes, légendes & vieux dictons de l'Île de Beauté », édité le 1er janvier 1926 à Avignon et préfacé par l'abbé Lucchini, Docteur en théologie, Licencié ès lettres, ancien directeur du Petit Séminaire d'Ajaccio. Certes, dans le cadre de ma vigilance laïque sans failles, il me fallait dégrossir ce texte et mettre à part les pépites que je trouvais intéressantes et utiles pour mon ouvrage, des commentaires orientés et intéressés de l'ecclésiastique. Mais l'essentiel, c'était bien cette captation réussie de Jean-Marc Salvadori de bons exemples pouvant définir cette fameuse âme corse : « Plus d'une fois, alors que j'étais bien jeune, j'entendais faire par nos bons vieux Corses des récits parfois tristes et souvent gais. [...] J'en étais à ces regrets, lorsque j'ai lu dans *Le Petit Marseillais* (édition de la Corse), quelques-unes de ces légendes ou de ces vieux dictons, que M. Jean-Marc Salvadori se plaisait à faire revivre. J'ai fini par constater que ses renseignements étaient précis, qu'il faisait causer les rares vieux à l'imagination exubérante et à la mémoire très vive... Il allait aux sources. Je n'ai pas manqué de l'en féliciter. Non, le Passé n'est pas mort, puisqu'il y a encore des *âmes* pour le comprendre et des plumes alertes et sûres pour l'animer devant nos yeux. [...] Grâce donc à lui, tout vrai Corse sera heureux de pouvoir vivre quelques instants avec ceux qui nous ont précédés en notre *Île-de-Beauté* et ont contribué à faire ce caractère corse dont nous avons lieu d'être fiers... [...] Nous ne voulons pas présenter M. Jean-Marc Salvadori. Tous les lecteurs du Petit Marseillais le connaissent. Dans son village, face aux beautés sublimes du Massif du Rotondo, au milieu des vues enchanteresses de la campagne venacaise, en vrai passionné pour la littérature orale, il a su transcrire les proverbes courants, les chants populaires, ainsi que les légendes et récits corses. », écrit l'abbé Lucchini dans sa préface.

Écoutons Jean-Marc Salvadori : « Girolami-Corlona ne raconte-t-il pas (et cette légende, même discutable, est trop belle pour ne pas être rapportée) qu'en rentrant de la conquête de la Toison d'or, les Argonautes firent halte dans l'Île d'Elbe. Partis de là et voguant vers la Sicile, ils virent la Corse et ils en furent si enchantés qu'ils voulaient y aborder à tout prix. Il cite Apollonius de Rhodes : ... *Le vent qui enfle les voiles porte bientôt le vaisseau à la vue d'une île (Kallislé) couverte de fleurs et d'aspect riant. Elle était habitée par les Sirènes, si funestes à ceux qui se laissent séduire par la douceur de leurs chants. Les Argonautes entendant leurs voix, voulaient s'approcher du rivage, mais Orphée prenant en main sa lyre, charma tout à coup leurs oreilles et les empêcha d'aborder.* La Corse, l'Île des Enchantements, est le pays des belles légendes... » [...] « Aussi, Corses mes amis, si vous conservez le culte sacré de la petite Patrie, si vous ressentez la douceur du souvenir devant les ruines chargées de siècles, si nos vieux contes et nos belles légendes ont le don d'émouvoir vos cœurs, lisez ce recueil... C'est un hommage patriotique d'un fils aimant orgueilleusement sa Corse, son terroir... »

LA PIERRE ILLUMINÉE

Du pont de Vivario à Venaco, la route ne cesse de monter. Après avoir dépassé le tournant des *Mure* avec de très légères sinuosités, elle se dirige du sud au nord. Puis, brusquement, après avoir franchi le Gerfolagio, à Barchini, faisant une échancrure dans la colline où était juché l'antique *San-Cristofano*, elle s'oriente carrément de l'ouest à l'est, perpendiculairement à la direction qu'elle avait suivie jusque-là. Cette heureuse déviation nous fait contourner *A Pedra e Viule*, rocher qui domine toute la vallée. L'endroit est d'un pittoresque achevé. Ce bloc rocheux, tailladé, retenant la route, se dresse immense ; tandis que dans l'*Inzecca*, vallée profonde et boisée, se trouvent de multiples grottes, de multiples fontaines, de multiples menhirs. Ce joli coin, dit *E Piluselle*, est vraiment merveilleux. On verrait sans surprise sortir le dieu Pan de ce chaos... Or, par une belle nuit sans lune (nuit opaque chère aux terribles Eumides, aux streghe, aux fantômes), un berger, après s'être désaltéré à la fontaine cristalline de *Barchini*, s'en revenait à Venaco... Soudain, comme sous le coup d'une baguette magique, *A Pedra e Viule* s'illumina, tandis qu'une rumeur sourde remplissait la vallée, annihilant les autres bruits de la nature. Puis, tout rentra dans l'ombre, pour se manifester à nouveau. Et ces visions intermittentes se succédaient à de faibles intervalles, de plus en plus éclatantes. Le rocher scintillait ; toutes ses cavités jetaient des feux — feux splendides des diamants : bleu des lapis, azur des saphirs, soleil des topazes, brasier des rubis — tandis qu'une lumière rouge, aveuglante, se jouait dans le feuillage émeraude des châtaigniers, le tout englobé dans le manteau améthyste de la nuit ! Notre berger se signa :

— « Credu ! credu ! credu in Diu... Cè qu'alcosa[1] ! »

Il voulut fuir... Mais où ? la terre tremblait autant que ses jambes...

Après s'être à nouveau signé, fataliste, il s'allongea, le nez dans la poussière, à même la route...

Une automobile s'avançait, majestueuse, tous ses phares allumés. Soudain, le chauffeur stoppe, en bloquant brusquement les freins. Deux gentlemen descendent de la voiture et secouent notre berger qui, sentant venir la mort, résigné, se recommandait à Dieu. Le pauvre homme ! sans ouvrir les yeux pour ne plus être aveuglé par l'infernale vision, confessait ses fautes :

— « Ohimé ! ohimé ! à mio famiglia !
Dumandu pardonu à tutti... Non no mai
messu acqua in du

mio laite, mancu l'acqua cristallina di
Barchini, chi e cosi salutifera[2]... »

— « C'est un pauvre fou, dit l'un des
voyageurs, mais il l'a échappé belle. Il n'y a de
la veine que pour les fous et les ivrognes. Si le
chauffeur n'avait eu l'œil... Allez, brute !... »

Et, tandis que l'auto démarrait dans un
« vrum » retentissant, notre berger qui
reprend ses esprits :

— « Umbé ! umbé ! questa e una ! chi
lumi ! un n'éra ch'e un tomobile[3]... »

Et tel le fameux archer de Bagnolet qui de
sa vie n'avait été meurtrier qu'en poulailles et
ne craignait rien, *fors les dangiers* ; notre
rescapé, le danger passé, était honteux de sa
méprise...

Longeant, quelques instants après A Pedra
e Viule — la Roche lumineuse — il lui jeta un
coup d'oeil dédaigneux :

— « Poi vantatti, o Petra, che tu mai fattu
a bella peura[4] ! »

<hr>

1.   Je crois ! je crois ! il y a un Dieu !
2.   Pardon ! pardon !... ma pauvre famille... Je
demande pardon à tous ... Je n'ai jamais mis de l'eau dans le
lait que j'ai vendu... même l'eau pourtant salutaire de
Barchini.
3.   Eh bien ! ça par exemple... Ce n'est qu'une
automobile.
4.   Tu peux te vanter, ô pierre... tu m'as fait peur...

LÉGENDES VENACAISES

La Légende de San-Eliseo

L'Ange de l'Éternel parla ainsi à Élie :

« ... Tu oindras Élisée, fils de Saphat, qui est d'Abel-Méholati, pour prophète en ta place. »

Élie alla donc trouver le fils de Saphat, qui labourait, ayant douze paires de bœufs devant lui, et le couvrit de « son manteau ». Un char de feu, traîné par des chevaux de feu, allait séparer les deux disciples. Tandis qu'Élie montait au Ciel sur « le chariot d'Israël », Élisée lui succéda après avoir reçu le double don de miracle et de prophétie.

Et nous voyons dans la Bible que chaque fois qu'Élisée descendait du mont Carmel ou de la montagne d'Hermon, c'était pour soutenir la foi en Israël ou défendre le trône de Jéhu, qui était l'oint du Seigneur. Les miracles qu'il accomplit étonnent encore : il multiplia l'huile d'une pauvre femme ; une autre fois, il ressuscita l'enfant d'une femme qui lui avait offert l'hospitalité ; il guérit Naaman d'une lèpre affreuse, etc.

La Bible rapporte, en outre, que la mort même n'arrêta point le cours de ces prodiges ; les os du thaumaturge, enfouis dans le sépulcre, amenèrent par leur contact la résurrection d'un homme...

Or, le territoire venacais possède une chapelle de *San Eliseo*. Ce sanctuaire se trouve en pleine montagne, à 1.587 mètres d'altitude. Pour s'y rendre, il faut remonter la vallée du Misongho, torrent impétueux qui roule ses eaux entre les Calenche di Teula et de Campitella et la colline boisée de Spilunchella. Il est érigé dans un cadre merveilleux dominé par les monts Cardo et Corbajo. Ce cadre a subi tour à tour les mouvements des flots de la mer (révélés par la présence des fameux poudingues de Venaco), suivis de soulèvements brusques et considérables, au point d'avoir, dans une même région, des glaciers qui ont laissé glisser sur leur dos de gigantesques moraines, confluentes ou suspendues, ou dispersées, barrant parfois le passage à l'ascensionniste audacieux...

Une légende, animée comme le plus passionnant roman, douce et naïve comme une gravure d'Épinal, enjolive ce lieu.

Voici, d'ailleurs, cette légende, qui se perd dans la nuit des temps : la chapelle de San Eliseo se trouvait alors en territoire cortenais, au-delà du ruisseau du Formicuccia. Et les bergers cortenais étaient heureux : leurs bêtes étaient grasses, au poil luisant, leur fromage était renommé.

Tandis que, en deçà du ruisseau, les bergers venacais se désespéraient ; leurs bêtes dépérissaient. Et la jalousie — ce sentiment humain fait d'envie et de cupidité — ravageait leur cœur. Leurs offrandes même n'étaient pas agréées : les plus beaux fromages, l'huile vierge la plus pure, sans compter les plus ardentes prières, étaient offerts en pure perte.

Le fait brutal était patent : les chèvres maigres et efflanquées des Venacais contrastaient horriblement avec les chèvres grasses des Cortenais.

Or, certain jour, un vagabond — cette race sainte — survint en la *Bergerie de Pradella*, où il reçut la plus généreuse hospitalité. L'homme errant put entendre les plaintes justifiées des Venacais. Après s'être restauré, au moment de son départ, il prononça ces paroles énigmatiques :

— U santu sulu vi po salva[1] !

Puis, le vagabond disparut d'une manière étonnante.

Les pauvres bergers crurent, un instant, à quelque sortilège. Toutefois, ils se réunirent en conseil, et un OEdipe venacais allait résoudre la troublante énigme.

— « U santu, dit-il, n'est autre que San Eliseo, dont la chapelle se dresse en territoire cortenais, près de la *Bergerie de Vidoni*... Quoi ! vous n'avez donc pas remarqué que San Eliseo protège les Cortenais : leur prairie est toujours verte, malgré les *su-léoni* ! *U talaucciu* (ce délice des chèvres) y pousse dru ; tandis

21

que i nostri prati sont déserts, brûlés par le soleil caniculaire...[2] »

« Il faut s'emparer du saint ! » avait ajouté l'augure.

Un matin, les Cortenais trouvèrent leur chapelle vide.

Ils cherchèrent leur saint. Ils grimpèrent sur le pic de Lattiniccia, d'où l'on découvre toute la contrée... et là, médusés, ils aperçurent San Eliseo qui se prélassait au milieu d'un autel champêtre, en territoire venacais :

— Que veut dire ceci ? dirent-ils furieux.

Et les Venacais de répondre :

— Le saint est venu ici tout seul. Sans nul doute se plaît-il mieux chez nous.

Mais les Cortenais exigèrent leur saint et le transportèrent en leur chapelle. Le lendemain, même chanson.

San Eliseo se prélassait à nouveau au milieu du feuillage, en territoire venacais...

Les Cortenais étaient furieux, tandis que les Venacais, paternes, disaient :

— Le saint est venu chez nous tout seul... Avez-vous, athées, l'âme assez cruelle pour contrecarrer la volonté d'un saint ?

Les paroles les plus amènes ne firent rien à l'affaire.

Les Cortenais reprirent San Eliseo et montèrent la garde autour de leur chapelle. Ils ne tardèrent pas à appréhender les Venacais qui venaient dérober le saint.

La correction infligée aux Venacais fut cruelle...

À dire vrai, peu de membres cassés, mais de fortes ecchymoses : bras et jambes endoloris... et, plus que tout, leur subterfuge bêtement dévoilé, leur amour-propre froissé.

Toutefois, malgré leur désir de vengeance, les Venacais n'osèrent plus tenter le rapt... Une semaine se passa ainsi dans l'expectative. Un silence, silence exaspérant, planait sur les deux camps. Les Cortenais, déjà, donnaient des signes d'impatience. Ce rôle d'Argus, cette défensive passive les irritaient. N'y tenant plus, ils voulurent savoir ce qui se passait dans le camp venacais. Ils chargèrent le plus rusé, le plus adroit, l'oreille la plus fine de toute leur tribu, d'aller épier le camp venacais. Ce patrouilleur arriva près du Campulu... et, que vit-il ? Tous les bergers venacais faisaient le tour d'un « sillone » ; une torche de bois gras éclairait leurs têtes intrépides. Qu'entend-il ?

— Nous devons nous venger... Il faudra détourner de leur cours les fleuves Tavignano et Ristonica, et leur faire suivre : le premier, la vallée du Vecchio, et le second, la vallée du Misongho...

Le sang glacé, le Cortenais se retira et fit son rapport.

Mais les Cortenais n'en pouvaient croire leurs oreilles.

Ils dépêchèrent, la nuit suivante, un autre explorateur, qui allait revenir avec des détails plus précis encore : tout le plan venacais.

Pour la première fois, les gens de Talcini (les Cortenais) tremblèrent. Les plus sages faisaient, bien inutilement d'ailleurs, observer qu'il fallait, pour détourner de leur cours le Tavignano et la Ristonica, abattre le Monte Rotondo et le Monte Corbajo... Rien n'y fit : on ne raisonne pas quand on est tenaillé par la peur :

— Quoi ! nos moulins à sec... Mais c'est la ruine de Corte en perspective... Il faut conjurer le mal... Qu'on leur donne le saint... Qu'on leur donne, sur-le-champ, cette statue de bois... *Les Venacais peuvent tenter l'impossible !*

C'est ainsi que Corte abandonna San Eliseo.

Les malheureux ! Ils ne savaient pas ce qu'ils venaient de perdre. La prospérité de Venaco date de ce jour mémorable.

Toutefois, les Cortenais, pour cingler les Venacais, leur dédièrent cette chanson :

L'arburu chi un fece frutu
Lu piantonu venaghesi
San Petru c'un Riventosa
Puggiulani c'un Lughesi[3]

Les insensés ! L'arbre fit des fruits...

24

Les Venacais riaient sous cape. Entre le Tufo et le Misongho, la prairie s'était parée comme par enchantement d'un manteau de fleurettes... Leurs chèvres, avant faméliques, ne bêlaient plus, fort occupées à rechercher des herbes savoureuses...

Reconnaissants envers San Eliseo, ils bâtirent une jolie chapelle en l'honneur du saint prophète. Et depuis ce jour, le 29 août, chaque année, vers deux heures du matin, une longue théorie de pèlerins se rend à la chapelle de San Eliseo, pour rendre grâce au prophète et thaumaturge, qui installa à demeure l'« Abondance » dans le canton de Venaco.

1.   Le saint peut vous sauver !
2.   *Su-léoni*, canicule ; — *prati*, prés.
3.   L'arbre qui ne donne aucun fruit — Fut planté par les Venacais — Aidés par les habitants de Saint-Pierre,— de Riventosa, Poggio et Lugo.

LÉGENDES VENACAISES

La Prise du Castel di Teula

Le nom de *Campo-Vecchio* donné à un quartier de Venaco, tire son origine de *Campo-al-Vecchio*, et la légende moyenâgeuse qui suit, est attachée à cette dénomination.

Nous sommes en l'an 1 000. Le comté de Venaco, après la mort tragique d'*Arrigo-Bel-Messere* et de ses sept fils, s'était divisé en plusieurs fiefs. Celui du *Varlu* n'eut pas à regretter la mort *del Bel Messere* : un bon prince avait succédé au plus débonnaire des seigneurs. Son nom eût enchanté Ossian ; on l'appelait : *le Vieux de la Montagne*.

Ce bon suzerain n'avait pour toute postérité qu'une fille. Mais cette demoiselle était accomplie : les trois grâces avaient dû présider à sa naissance. Elle ressemblait à une déesse modulée par Praxitèle ; et sous son maintien noble, se cachait une âme douée d'une inépuisable bonté.

Quand elle naquit, émerveillée une dame s'écria :

— E bella cume un'alba di veranu[1] !

On l'appelle Alba : Aurore.

À sa voix, qui avait les modulations tendres d'une fauvette, les blanches brebis et les capricieuses chèvres accouraient et lui tendaient leurs mamelles, ne voulant se laisser traire que par ses douces mains.

Sous ses doigts de fée, le fil de la quenouille s'enroulait, plus vite qu'un serpentin, autour du fuseau. Les manteaux qu'elle confectionnait pour son auguste père, dépassaient en richesse les plus belles étoffes d'Orient. En outre, *Alba* seule, ensoleillait *A Roccaja*, la somptueuse demeure du *Vieux de la Montagne* ; sa mère bien-aimée s'était envolée au Ciel...

Or, à deux kilomètres d'*A Roccaja* s'érigeait le sombre *Castel di Teula*, castel qui dominait le *fief de Santo-Petro*. El le seigneur dudit manoir, à l'encontre de celui du *Varlu*, était d'une férocité extrême doublée d'une insatiable cupidité. Non content de pressurer son pauvre peuple, il agissait en véritable brigand en détroussant les voyageurs. Et ce seigneur avait un fils unique, aussi cruel, aussi méchant que lui-même : il était plus laid, plus hideux que les sept péchés capitaux réunis.

Toutefois, arguant de ses richesses, il osa demander au *Vieux de la Montagne* la main d'*Alba*, tout comme si la beauté et la grâce pouvaient se monnayer ! Que de pareils marchés puissent se conclure de nos jours où les richesses enjolivent les pires laideurs, passe encore !...

Mais en ces temps-là...

Le *Vieux de la Montagne* repoussa avec horreur de telles prétentions. Et le jeune tyranneau, éconduit, aussi vindicatif que laid, jura de se venger. L'occasion ne tarda guère. Un matin, alors que l'aimable et gaie demoiselle allait avec ses compagnes puiser l'onde pure à la fontaine de *Nocifera*, le jeune bandit de *Teula*, tel un loup affamé, surgit de la forêt, la prit à bras-le-corps et l'emporta...

∴

Qui oserait dépeindre la douleur éprouvée par le malheureux *Vieux de la Montagne*, lorsqu'il apprit le rapt de sa fille chérie !... Mais les cris et les sanglots ne conviennent qu'aux faibles : sa colère allait être plus terrible que sa douleur. Il convoque ses vassaux, arme ses paysans, fait mettre en état ses machines de guerre... et, bientôt, un immense camp s'établit autour de sa demeure... Ce fut « *le Camp du Vieux, Il Campo-al-Vecchio* » — et de là, rugissante, l'armée s'élança à l'assaut du *Castel di Teula* où le ravisseur avait emmené sa proie.

L'affreux repaire fut emporté.

Tandis que le fameux donjon, objet de tant de colères, s'écroulait sous les coups des balistes, des catapultes et des béliers, alors que sa Demoiselle, miraculeusement protégée, était rendue au *Vieux de la Montagne*, qui crut mourir de joie en la revoyant saine et sauve, l'affreux *Tyran de Teula* fut retrouvé, dernier survivant, pleurant sur le cadavre de son fils.

On voulut le forcer à dévoiler la cachette de son trésor. Les pires menaces, la torture même ne parvinrent pas à briser l'énergie farouche du terrible brigand. Il répondait invariablement avec un air de folie :

- Mon trésor ? mon trésor ? Rendez-moi mon fils ! Faites-lui recouvrer la vie et je vous livrerai tous ces biens de la terre ! ah ! vous l'avez tué ! vous tuâtes du même coup le *trésor*, car le souterrain où il est enfoui ne livrera pas son secret...

La tour maudite du *Castel di Teula* fut rasée. Et depuis, le champ est ouvert là aux chercheurs de fortune : un trésor est caché là au milieu de rochers suspendus au-dessus d'affreux précipices.

∴

Mais le peuple corse, en abattant ce Castel, conquit un tout autre trésor que celui du fameux brigand di Teula : *la Liberté !*...

Ce fut là, en effet, huit siècles avant l'autre, notre 14 juillet, notre Prise de la Bastille, notre premier coup porté au régime féodal. Sa répercussion fut tellement grande que nous voyons peu après, surgir *Sambocuccio d'Alando* celui qui, grâce à ses *Institutions*, allait, alors que tous les peuples du monde geignaient encore sous le poids de la servitude féodale, rénover son pays en instituant *la Terra du Commun*, la Terre-de-la-Liberté !

Depuis la prise du *Castel de Teula*, la pelite bourgade *A Roccaja* — la Rocheuse — s'appela Campo-al-Vecchio, — le glorieux *Camp du Vieux de la Montagne*...

Ce fameux *Camp* ne méritait-il pas de passer à la postérité ?

1. Elle est belle comme l'aurore d'un beau jour de printemps.

LÉGENDES VENACAISES

Les Portes des Fées

Y a-t-il, de par le monde, un autre pays que la Corse, où tout semble enveloppé de mystère ? Et, ce pays, qui a produit des génies prestigieux, attend encore son Ossian, qui chantera, dans le langage des dieux, les exploits romantiques de ses héros, *l'épopée cyrnéenne* pleine de poésie !

Notre histoire n'est, en effet, qu'une suite de récits légendaires ; elle est remplie d'aventures, d'amour, d'héroïsme ! C'est un étonnant mélange de paganisme sylvestre, de féerie, de merveilleux chrétien.

Que n'avons-nous le coloris naïf qui illumine les chansons de gestes, comme nous avons la pitié profonde, sincère, pour tout ce qui est Corse, afin d'évoquer, comme il convient, nos contes moyenâgeux !

Voici pourtant une légende : la Légende des Fées venacaises.

∴

Ne dépassez pas le pont du Piobbico, sans écouter le bruissement du torrent qui, dévalant du Sillubellu, semble charrier toute la poésie de cette partie de notre montagne. Il murmure : « Remontez vers ma source, en suivant le sentier agreste, qui côtoie mon lit escarpé.

Dépassez *le Rodone, la Grolle o Boe*..., Près des Vieux-Moulins suivez *l'Evero-Sotanu*, qui va du *Monticello* au *Monte Bicaju*, et, sur votre chemin, vous trouverez, au milieu des calenches, *Trois Portes* colossales encastrées dans le rocher, dont l'une d'elles est d'une blancheur comparable à celle de l'ivoire. Ce sont les *Trois Portes des Fées*. Toutes les légendes venacaises se rattachent à ce lieu. »

Puis, le torrent tumultueux continuant sa course vertigineuse, va se jeter dans le Vecchio... Écoutez son conseil, voyageur qui passez par-là L'exploit le plus fabuleux qui fut accompli par les fées venacaises est, sans conteste, leur victoire sur Satan dans la vallée du Vecchio. Tout le monde connaît les mille roueries du prince des Ténèbres. La force et l'horreur sont ses armes préférées. Voulant châtier les partisans du vrai Dieu, il dirigea, sur Venaco, par la vallée du Vecchio, le *Dragon de l'Apocalypse*. Un matin, les Venacais, sidérés, aperçurent, en amont de *Piridondello*, cet animal effroyable : ses ailes étaient déployées ; sa gueule vomissait des flammes ; tandis que sa queue battait l'air de ses anneaux répugnants. Ses immenses griffes ouvertes étaient menaçantes... La terreur régnait.

Seul, un Venacais, du nom d'Ange-Marie, après avoir imploré l'aide du Ciel, osa s'attaquer à cette bête repoussante. Mais son courage et ses efforts eussent été vains sans le secours surnaturel des fées. Ces dernières, en effet, du haut de leur observatoire, virent le fantasmagorique animal. Elles reconnurent là un sortilège satanique ! Rester neutres, le pouvaient-elles ? Ces bienveillants génies sylvestres s'étaient prises d'amitié pour ce peuple « doux et humain ». Elles s'émurent devant sa détresse ! Et, le geste téméraire, insensé, héroïque, d'Ange-Marie, les remplit d'admiration. Et, tandis que l'audacieux Venacais va au-devant du monstre déchaîné, les fées s'attaquent à « l'Esprit malin ». Deux luttes se livrèrent simultanément. Sur terre le Dragon, abandonné par son sinistre protecteur, n'était plus qu'une affreuse bête...

Dans les nues, échappant à la vue des humains, se déroulait la bataille des fées contre le chef des démons.

Le peuple, effrayé, percevait seulement des bruits infernaux ! Des éclairs incendiaient le Ciel.

Mais « l'Ange déchu » eut beau employer ses roueries sataniques, ses enchantements diaboliques : tandis que le Dragon expirait sous les coups d'Ange-Marie, le Diable vaincu, se réfugiait, humilié, dans le trou qui porte son nom, au-dessous du *Razzu-Bianco*.

L'endroit où se déroula ce combat mémorable se dénomme encore *U Dragone*. Mais ce n'est plus un

lieu de frayeur. Là se trouve un gentil moulin attenant à une riante propriété.

Que l'histoire eût été belle, si elle s'était arrêtée là !

Mais, les fées, qu'aucun œil humain n'avait encore contemplées dans l'éclat de leur gloire, voulurent pour récompenser dignement une vertu surhumaine, se montrer à Ange-Marie, dans toute leur magnificence !

— Fier héros ! Égal de Thésée, qui combattit et tua le minotaure ! Égal d'Hercule qui étouffa le lion de Némée ! Viens travailler la terre, non loin de notre demeure. Les lieux-dits : *Chiose* et *Occiolo* t'appartiendront désormais. Ta famille sera florissante. Tes greniers seront toujours pleins. Tes troupeaux toujours gras... Mais, prends garde ! que la curiosité ou quelque « strega » malfaisante ne te pousse à vouloir connaître le secret de notre demeure...

Et, sans terminer leur phrase, l'irradiante vision disparut. Et, dès lors, commença le tourment d'Ange- Marie. Ce secret l'obsédait.

— Quoi ! j'ai terrassé le Dragon, la chance me favorisera encore ! je saurai... Et puis, les fées sont si jolies !

Amour, amour, quand tu nous tiens,
L'on peut bien dire : Adieu prudence...

a dit plus tard un fabuliste ! Ange-Marie monologuait :

— L'une d'elles enchante mes pensées... Ses grands yeux, dans lesquels je me suis miré, sont limpides comme le cristal de nos sources De sa bouche — labre curaline[1] — s'envolaient des paroles ailées ! J'ai voulu parler. Elle a souri... et j'ai tremblé comme un jeune impubère devant son premier amour ! J'ai été sot ! Je veux la revoir, connaître son secret...

Il ne se doutait pas, l'imprudent, que son fol orgueil et sa vantardise allaient le conduire à sa perte...

Une « strega[2] » était passée par là... Un matin, l'ingrat suivit *l'Evero-Sotanu*... Il était près du but.

Que vit-il, par la porte d'ivoire entr'ouverte ?

Nul ne le saura jamais !

Telle la femme de Loth, qui fut changée en statue, Ange-Marie, victime, comme elle, de la curiosité, fut pétrifié en cet endroit, ainsi que la chèvre fidèle qui l'avait suivi en cette folle équipée.

Depuis ce jour néfaste, les fées restèrent insensibles à toutes les supplications... Elles sommeillent... Tandis que la méchante « strega » (celle qui contribua, par ses mauvais conseils, aux malheurs d'Ange-Marie) agit maintenant au grand jour, en souveraine.

Elle sème les divisions, elle réveille les inimitiés et les haines.

... On l'appelle (car elle a changé de nom, et ce nom jette l'épouvante), *a pulitica* — la politique.

« Ô fées bienfaisantes, protectrices du vieux Venaco ! vous qui nous préservâtes du terrible Dragon ! sortez, à nouveau, de l'étui, vos baguettes magiques, au pouvoir surnaturel, pour nous débarrasser de la méchante fée : *a strega Pulitica* ! »

Écoutez cette prière... Ne faut-il pas, ô merveilleuses fées, que le vice soit puni ? »

1. Lèvres de corail.
2. Strega... sorcière, mauvaise fée.

CONTES ET LÉGENDES

La Ruine d'Ostriconia

La route qui va de Saint-Florent à l'Ile-Rousse offre de multiples contrastes...

Après avoir franchi « le Fiuminale », laissé à gauche le chemin de Bastia, traversé sur une passerelle « l'Aliso », elle s'élève en corniche au flanc de la « Cima del Buttogio ». Le voyageur captivé ne cesse d'admirer le golfe de Saint-Florent, immense lazulite ; la baie de Fornali, dominée par une vieille tour ; le Monte Castagno, qui s'estompe dans la mer à la « Punta del Cepo » et toute la côte occidentale du Cap Corse, déchiquetée par le travail lent des siècles, découpures où s'insinue la mer fougueuse...

Mais ce splendide panorama fait bientôt place à une contrée aride et désolée, lorsque l'on dépasse « la Cima del Buttogio », qu'on pénètre dans « le désert des Acriates[1] ». Qui se douterait, alors, que celle région malsaine, qui semble avoir été balayée par le vent de la désolation, a attiré les regards du plus grand géographe et astronome grec : Plolémée ;... que là naquit le beau nom de « Kallislé » ?...

Cet immense territoire (16.358 hectares), ne conserve plus rien, hélas ! de son antique splendeur... Quelques monticules dénudés étranges — tel le mont Génova — jaillissent d'un lieu désertique... Seule, la vallée de Casta est cultivée, plantée d'oliviers. Là, la belle nature apparaît dans sa sérénité, sa douceur apaisée et consolatrice...

Le reste de celle région épouvantable ressemble à un refuge d'animaux féroces.

....

Certes, si nous voulions décrire des endroits abrupts, des sites sauvages, nous décririons les rivages tourmentés de la côte (de la pointe *della Mortella*[2] ou de la pointe d'*Alciuolo*[3]) jusqu'à l'embouchure de l'Ostriconi[4].

Là, dans la brume bleutée, tandis que le paysage se couvre d'une teinte d'améthyste, la nature sauvage et romantique dévoile l'horreur des visions dantesques :

Ce ne sont que précipices épouvantables formés de rocs escarpés, — affectant des formes étranges ou tombant à pic sur une mer sombre, triste et menaçante ; des ravins ténébreux où mugissent sinistrement des torrents invisibles...

Ces lieux — dignes des légendes terribles, — revêtent des aspects si tragiques, que le voyageur apeuré est obligé de détourner ses regards d'un chaos mystérieux, d'un monde de cauchemars, pour les reporter sur quelque chose de moins affreux, de moins hallucinant.

....

Nous arrivons à la vallée de l'Ostriconi.

Là se trouvent les vestiges d'anciennes demeures, ainsi que ceux d'une église dont le maître-autel existe encore. Près de ces ruines se trouve un étang.

L'Ostriconi ne tarde pas à se jeter dans la mer, au pied d'une vieille tour enfoncée dans le sable, où se trouve, en outre, un petit port, « Piraghiola », ne servant plus qu'à quelques pêcheurs qui, ne pouvant rallier l'Ile-Rousse, se réfugient dans son anse protectrice et passent la nuit dans ces ruines[5].

Or, cette ancienne église, appelée encore l'église délia Pieve — vieille tour dite « del Bel Castel », — représente tout ce qui reste de l'opulente cité d'Ostriconia... Ce coup d'œil d'ensemble sur celle contrée délaissée fera mieux comprendre le grand bouleversement qui s'y produisit au Moyen Âge.

Ce ne sont point des cataclysmes, des tremblements de terre qui déformèrent ainsi cette Contrée. Ce fut une chose plus terrible encore : la guerre civile, la lutte fratricide !

Et les habitants de Palasca, où se trouvent les ruines du château de San-Colombano, de Novella, d'Urtaca, ne vous racontent jamais sans se signer la légende que voici.

∴

Toutes les fois que la « cloche d'Ostriconia » appelait le peuple à la prière, de l'« étang » voisin surgissait un serpent monstrueux, qui se rendait à l'église de la Piève et prélevait une victime parmi les peuples assemblés...

Le comte de San Colombano et le seigneur del Bel Castel — les deux nobles puissants qui régnaient sur la « Piève d'Ostriconi », — décidèrent de se sacrifier pour le salut commun, en allant combattre ce serpent, terreur de la contrée...

Mais le seigneur del Bel Castel, manquant de cœur, recula, n'osant pas tenter l'héroïque aventure. Le courageux comte de San Colombano se rendit donc à l'église, et sa main vaillante actionna la cloche. Le serpent ne tarda pas à paraître...

Dès que l'affreuse bête voit notre héros — qu'elle considère comme sa proie, — elle quitte l'allure rampante, se dresse toute droite, entr'ouvre ses mâchoires, et, un dard fourchu, telle une langue de feu, sort de sa bouche effroyable.

Elle s'élance sur le comte de San Colombano... Mais le courageux chevalier réprime bien vite un sentiment d'horreur et de sa longue épée trace dans l'air le signe de la croix par lequel on exorcise et on vainc... Et, tel Hercule, devant l'hydre de Lerne, le comte de San Colombano fut assez heureux pour trancher la tête du serpent, tandis que l'affreux corps de la bête, s'enroulant et se déroulant dans d'horribles convulsions, finit par rester inerte...

Alors, un immense orgueil gonfla le cœur du comte de San Colombano. Il ne crut pas devoir aller se prosterner au pied de l'autel de Celui qui avait raffermi son courage et guidé son bras... L'insensé ! il détache son cheval, tout carapaçonné d'or, et, plaçant en travers du pommeau de l'arçon, le corps du visqueux reptile, saute en selle et presse les flancs de son coursier[6]...

Du haut du Ciel, le Seigneur ne voit pas sans amertume cette belle âme possédée par le poison de l'orgueil.

Par trois fois, le coursier du comte trébuche devant le porche de l'église.

De tels avertissements furent impuissants pour amener à componction le présomptueux vainqueur. Alors, le courroux de Celui qui peut tout, de qui partent les grâces et les châtiments, s'appesantit sur le comte de San Colombano. Une goutte de sang noirâtre gicla du corps du serpent sur la main du héros ; et celte goutte de sang empoisonnée allait provoquer sa mort... Tel le gigantesque chêne qu'une étincelle des cieux écime et déchiquette, fait de multiples efforts pour se consolider sur son tronc meurtri, et garder encore une attitude imposante, le comte de San Colombano crispant dans ses mains qui se glaçaient, le corps visqueux de l'affreuse bête, s'affermit sur ses étriers dans une ultime contraction, tandis que son coursier — comme le fameux cheval d'Antar — le reconduit au milieu de ses fidèles partisans...

Et ces derniers apprirent en même temps la mort du reptile et la mort du comte bien-aimé. Alors ce furent des cris, des lamentations, des torrents de larmes.

Une poétesse improvisa un vocero lugubre... Mais, voici venir le seigneur del Bel Castel.

La vocératrice, l'apercevant, quitte le ton larmoyant des lamentations pour cette virulente apostrophe :

« Que fîtes-vous, seigneur del Bel Castel, tandis que notre paladin combattait ? Certes, les cœurs pusillanimes s'embusquent alors que les vaillants courent aux combats, y trouver la mort ou la gloire... « Réveille-toi, comte de San Colombano ! Daigne regarder celui qui se prévalait d'être ton rival ! Un seul haut fait et deux cœurs se dévoilent : l'un, tel le fer bien trempé résista à l'épreuve ; l'autre, tel le fer ayant eu une paille dans son coulage, ne peut résister au choc... L'un a sa place marquée parmi les héros, les demi-dieux ; l'autre...

« Ô Seigneur del Bel Castel, narrez-nous les péripéties émouvantes de ce combat d'où vous vous tîntes loin ? Les lâches se complaisent ordinairement aux récits des batailles... » Rugissant sous l'insulte, le seigneur del Bel Castel assassina la poétesse...

Ce crime entraîna la guerre civile. Les partisans du comte de San Colombano se soulevèrent contre le seigneur del Bel Castel. Ce fut une lutte sans quartier.

Dans les deux camps on se cherchait la rage au cœur.

On se traquait comme entre fauves ! Et ce combat fratricide finit faute de combattants... Comme le feu en forêt, qui débute toujours par une petite flamme qu'un enfant peut éteindre, se propage sous l'action du vent, lance des colonnes torses de fumée vers le ciel ; puis, laisse entrevoir des lueurs sinistres dans le sous-bois... Arrivée à cette phase, irrésistiblement la flamme brûle tout ce qui se trouve sur son passage et, semant la désolation, ne laisse que quelques troncs carbonisés et des pierres informes à la place où se trouvait la riante forêt ; telle la guerre civile dévasta, détruisit, ne laissa que des ruines chaotiques où se trouvait Ostriconi, *Rhopicium Civitas*, la belle cité florissante : un désert où se trouvait un jardin...

Et depuis ces événements terribles, personne ne voulut habiter ces lieux... La « Piève d'Ostriconia » fut abandonnée...

1. Ou désert des Agriates.

2. Pointe de la Mortella, près de laquelle se trouve la plage d'Alga où les géographes placent Gesioe littus.

3. Pointe d'Alciuolo, où l'on place l'Attium promontarium de Ptolémée.

4. Embouchure de l'Ostriconi. — D'après Cluvier et Valkenaer, là se trouvait l'ancienne *Rhopicum civitas* de Ptolémée. L'historien Limpérani croit que Ptolémée a désigné l'embouchure de l'Ostriconi sous le nom de *Valerii Amnis Ostia*. Le géographe Cluvier désigne sous ce nom l'embouchure de l'Aliso.

5. Vieille tour enfoncée dans le sable dans la propriété de Suallelu (propriété Antonelli).

6. Il existe d'après D. M. Mancini une autre version de cette légende : « ... Un énorme serpent répandait autrefois la terreur dans la plaine d'Ostriconia ; le marquis de Malaspina de Belgodève l'aurait tué ; mais, lui-même serait mort des blessures qu'il reçut du serpent. »

CONTE CORSE

Il aurait voulu savoir

Pendant l'été, après leur travail, les cultivateurs du petit hameau de Caboucchio vont prendre leur repas du malin autour de la fontaine de *Rio-Secco*, dont les eaux limpides et fraîches sont très renommées dans la région.

Ils se reposent à l'ombre des châtaigniers centenaires, et tout en goûtant aux mets froids qu'ils ont apportés, ils parlant de choses et d'autres et s'entretiennent principalement de politique. Quel est le bon Corse qui n'entame pas ce chapitre, lorsqu'il se trouve avec des amis ?

Mais, à vrai dire, ces braves travailleurs de la terre, après avoir épuisé les questions de la politique du jour, écoutent très volontiers les vieilles légendes.

Parmi mes compagnons habituels, un vieillard à la longue barbe bouclée et blanche, aux cheveux de neige, nous intriguait. Il parlait peu, écoutait attentivement et ne contredisait personne. Sa grande bonté et la douceur de ses manières nous impressionnaient. On ne savait rien de lui, sinon qu'il avait eu une jeunesse orageuse.

— Allons, *babbone Andria*, lui dis-je un jour, narrez-nous une de ces belles histoires que vous savez si bien.

Le vieillard parut sortir de sa rêverie, se recueillit un instant et gravement, solennel, s'exprima ainsi :

— Si, dans ma jeunesse, j'ai fait du mal, c'est certes sans la moindre méchanceté et poussé par la nécessité ou les circonstances. J'en demande pardon aux hommes et à Dieu...

Il me parut entendre qu'il marmonnait que sa conscience lui faisait des reproches, et que le spectre de ses fautes le suivait partout La brise devenue plus forte, faisait frissonner le feuillage des arbres ; on entendait le tintement argentin de l'eau de la fontaine, le clapotement du torrent, le bourdonnement des guêpes et des abeilles, le bruissement des ailes des papillons. Au loin, le train approchait ; le sifflet strident de la locomotive déchira l'air et le fracas des voitures roulantes couvrit tous les bruits de la nature.

Andria venait de dire qu'il avait trompé bien des personnes, et même un malheureux prêtre. Les paysans, qui éprouvent pour les ministres du Culte une grande vénération, étaient émus ; la figure contractée, ils écoulaient religieusement le vieillard.

Andria poursuivit : Je possédais deux chèvres. La première m'avait été vendue par un voleur, pour la modeste somme de deux francs. Je l'appelais : Modina. C'était une chèvre malade, qui ne me donnait que peu de lait, et d'un lait si léger, si mauvais, qu'on ne pouvait pas l'utiliser ; elle ne valait pas les quelques grains d'orge qu'elle mangeait. La deuxième chèvre, qui portait le gracieux nom de Bichetta, était la providence de ma famille. Tous les soirs, ses pis qui tombaient jusqu'à terre, remplissaient de bon lait une grande marmite. J'étais heureux, lorsqu'un créancier rapace, qui m'avait prêté vingt francs avec l'espoir qu'il ne serait pas remboursé, pour avoir l'occasion de mettre la main sur les quelques biens que je possédais au soleil, réclama impérieusement son argent.

Alors, la mort dans lame, désespérant de tout, je dus vendre la bonne Bichetta au curé Zamponi.

Un soir, je revenais des champs, las, maugréant contre le sol, songeant à ma Bichetta à jamais perdue pour moi, et traînant par la corde Modina, toujours malade, lorsque je vis, arrêtée devant ma porte, la vieille Boccanegra, la canonique servante du curé Zamponi.

Ce dragon, dont l'immense bouche édentée faisait fuir les hommes qui la rencontraient, avait des yeux féroces. On racontait que son excellent maître n'était pas toujours à son aise avec son cordon bleu, sa Bouche noire. Dans ses moments de bonne humeur, il faisait des mamours à sa bonne, lui ordonnant d'ouvrir sa bouche et parodiant Virgile, il s'écriait en riant :

Apparent rari dentes in gurgite vasto.

Et Boccanegra se rengorgeait et était fière de voir son maître s'occuper d'elle et de son formidable gouffre.

Boccanegra me regarda de travers et m'intima l'ordre de la suivre au presbytère pour affaire urgente.

Que pouvait me vouloir Monsieur le Curé ? Pourquoi une affaire urgente ? Serait-il à l'article de la mort et voudrait-il me rendre Bichetta ? Quand le représentant de Dieu nous appelle, nous devons obéir. Je suivis la bonne... Le sacerdote m'accueillit très aimablement, me fit asseoir dans un fauteuil.

— Brave homme, me dit-il, je sais que vous avez de l'honneur, que vous êtes digne et incapable de commettre une mauvaise action. Dites-moi, vous m'avez vendu une chèvre ; mais n'en possédez-vous pas une autre ?

— Si, Modina, o gio piuvanu[1] !

— C'est bien cela ! bien cela ! Modina la bonne chèvre. Un ne m'a pas trompé. Je suis bien renseigné. Il y a eu erreur. C'est Modina que j'ai voulu vous acheter... Modina, entendez-vous, c'est mon bien, et si vous refusez de troquer Modina contre Bichetta, lorsque vous irez à confesse, je vous refuserai l'absolution, et plus tard, vous serez précipité dans les flammes de l'enfer.

J'étais abasourdi... Eh quoi ! le saint homme n'était pas satisfait de Bichetta ? Il voulait Modina, la chèvre malade. Alors une idée diabolique germa dans mon cerveau. Puisque Monsieur le Curé exigeait Modina, pourquoi ne pas la lui donner ? Après tout, plus tard n'aura-t-il pas le droit de se plaindre, s'il n'est pas satisfait ? Inspiré par Satan, je dis au prêtre :

— Pour vous rendre service, Monsieur le Curé, j'irais jusqu'au bout du monde ; mais vous n'ignorez pas qu'il va m'en coûter de me séparer de Modifia ; vous savez que cette bête a plus de prix que Bichetta, et, pour que l'échange soit équitable, Dieu m'est témoin, il faut que vous me donniez, en outre, quinze francs.

Hélas ! cet horrible mensonge fut la cause première de tous mes malheurs.

— C'est trop... beaucoup trop ! clamait le bon Curé ; vous voulez me ruiner !... Je vous donnerai douze francs et Bichetta par-dessus le marché... Quant aux trois francs, eh bien ! je dirai trois messes pour le repos de l'âme de vos ancêtres ! Mais, dès ce soir, j'exige que vous me remettiez Modina.

Comment vous décrirai-je mon bonheur ? J'étais en possession de Bichetta et débarrassé à jamais de la mauvaise Modina. Tout à la joie, je bénissais même le voleur qui me l'avait vendue ! Je croyais à la Providence...

Mais, mon ami, laissez-moi verser quelques larmes en songeant à ma mauvaise action d'où découlèrent de tristes conséquences.

J'entends toujours le glas de la cloche des morts qui tinte lugubrement à mes oreilles...

Le pauvre curé Zamponi but, sans le faire bouillir, le mauvais lait de Modina et mourut ! Que Dieu ait sa bonne âme en sa sainte garde et me pardonne, car ma conscience me reproche le trépas de ce saint prêtre.

Mais quelque chose me laisse dans l'incertitude et m'inquiète ; j'aurais voulu savoir si, avant de mourir, le curé de Zamponi avait dit, comme il l'avait promis, les trois messes pour le repos de l'âme de mes ancêtres !

1. Oui, Monsieur le Curé.

CONTES DE JADIS

Autour du « Fugone »

« Le monde est sans mystère », osa formuler Berthelot, alors que la science ne peut définir l'essence de la matière, l'origine du mouvement qui entraîne l'universalité des choses, le principe de la vie, toute une suite d'énigmes insondables.

Nous pourrions opposer à l'aphorisme inexact du grand savant, une pensée de Jules Simon, combien plus rationnelle : « Il n'y a que les esprits faibles qui croient tout expliquer et tout comprendre. »

Mais notre but n'est pas de vouloir convaincre ceux qui, de parti-pris, « ne croient à rien », ni de vouloir expliquer les mystérieuses intuitions des sciences occultes ; nous allons rapporter « une aventure » survenue à M. G... J..., aventure que le héros lui-même nous raconta un soir, à la veillée, autour du *fugone*...

Un coup de tisonnier venait d'activer le feu. L'étalement de la braise du *fugone* venait de jeter une lueur rouge, sinistre, dans la pièce fumeuse... Les figures énergiques des veilleurs apparurent, un instant, dans un « clair-obscur » à la Rembrandt...

Un conteur venait de terminer une histoire abasourdissante, et, tout en tisonnant, émettait ces paroles :

— Les âmes errantes rôdent autour de nos maisons, souvent elles nous protègent... Elles sont invisibles, certes, mais elles existent...

— Elles existent et elles ne sont pas invisibles, ponctua M. G... J...

Et après un moment de réflexion, M. G... J... allait poursuivre :

— Ce n'est pas une fola[1], ni un racontar quelconque que je vais narrer. C'est un événement qui m'advint. Je tiens, avant d'entamer mon histoire, à bien spécifier que j'avais dix-huit ans à l'époque, et peu enclin à la berlue...

« Or donc, un soir d'été, mon père me chargea d'aller arroser un champ proche du cimetière de Lugo. Feu Petrolo, le frère de Gamberone, dont la propriété se trouve en amont de la nôtre, l'avait averti qu'il n'aurait guère terminé l'arrosage de son jardin avant minuit. Je m'occupai à tuer le temps jusqu'au moment fixé par Petrolo, en faisant de multiples parties de caries chez la mère Antoinette, et, vers vingt-trois heures, je me dirigeai du côté de mon champ.

« C'était par une belle nuit d'été ; la lune, légèrement tamisée, éclairait faiblement le paysage, ou, plutôt, l'enveloppait d'une teinte améthyste, couleur qui enchante les peintres, les poètes... et les amoureux.

« Je venais de dépasser d'une dizaine de pas la fontaine de Lugo, quand, venant de l'épais fourré de ronces qui surplombe cette fontaine, éclate un bruit de ferraille. Surpris, je me détourne et — je pourrais vivre cent ans — je n'oublierai jamais la vision effarante qui apparut alors à mes yeux.

« Une grande bête informe, sans tête, sans queue, venait de choir sur la route et s'avançait vers moi en traînant une chaîne...

« Je voulus fuir— Mes pieds étaient rivés au sol. Je voulus crier... De ma gorge angoissée ne sortit aucun son. Mon sang s'était glacé. Et l'énorme bête me frôla... Au contact de cette chose innommable, je crus devenir fou... Mes cheveux s'étaient hérissés. Je mis ma casquette dans ma poche et j'essayai de vaincre ma frayeur. La peur n'est-elle pas mauvaise conseillère ?

À chi borta
Torna bocci torta ![2]

« Je suivis donc des yeux l'horrible bête, qui m'avait dépassé, et je ne tardai guère à lui voir escalader le mur du cimetière...

« Mais sa disparition en ce lieu de terreur, loin de m'apaiser, excita encore mes alarmes. C'est, me disais-je, quelque *murtulaghiu*... Il m'a touché... Je suis donc « marqué » par la mort...

« D'ailleurs, tout me faisait peur. Le paysage, sous la teinte blafarde, avait abandonné son auréole poétique : les grands arbres s'étaient métamorphosés en fantômes, allongeant leurs longs bras ; la campagne était envahie par un monde de spectres ; le moindre bruit me faisait frissonner... Je me vis seul. Affolé, en proie à une terreur violente, je fermai les yeux...

« Or, à ce moment-là, mon épouvante redoubla... J'étais assailli par un monde de cauchemars... Mon cerveau « battait la campagne... ». Je dus pousser un cri... »

M. G... J... fit une pause. Il donna un coup vigoureux de tisonnier dans une bûche de chêne qui, en se retournant, jeta mille étincelles... Au dehors, lèvent de novembre hurlait lugubrement, et chacun sait que le vent de novembre entraîne dans sa sarabande infernale les âmes damnées qui implorent des prières... Un chien, au loin, venait de hurler à la mort...

— Je dus donc jeter un cri, poursuivit le conteur, et, dans l'impossibilité d'agir, je m'étais abandonné au sort qui guide toute chose, quand j'entendis une voix :

« — E o ! E o ! Chi cè ? Chi cè [3] ?

« Ô bonheur ! Ô joie ! Ô chance inespérée ! Dans l'état de prostration où j'étais, je ne pensais plus à Petrolo... Et c'était sa voix, sa voix « vivante », qui me rappelait à la vie, tout comme la lumière du jour éloigne de chacun de nous les cauchemars de la nuit...

« Chancelant comme un homme ivre, j'allai vers lui... Je me jetai dans ses bras, heureux d'être en contact, enfin, avec un être vivant...

« J'allais lui raconter sans rien omettre l'hallucinante aventure qui m'était arrivée... Le compatissant Petrolo devait m'aider dans mon ouvrage, et ne me quitta qu'à la porte de ma maison. Que serais-je devenu sans lui ?

« Le matin, non encore remis d'une telle secousse, je fis part à ma bonne mère — que Dieu garde en sa sainte grâce— de cet événement extraordinaire.

« — Mon pauvre enfant, me dit-elle, tu as eu une hallucination... Les morts sont bien morts... Sans doute as-tu rencontré une truie en rut... Ne raconte pas ton aventure... On pourrait rire de toi, mon petit...

« Ô monde sceptique, finit par dire M. G... J..., en manière de conclusion, je n'osai donc raconter cette aventure... Et, pourtant, j'ai vu... une âme errante... »

---

1.   Fugone : le foyer ; — fola : fable ; — murtulaghiu : revenant.
2.   Qui a peur et ne marche sur l'objet cause de cette frayeur, risque d'avoir la bouche déformée.
3.   Exclamation : Qui y a-t-il ?

CARNAVAL D'ANTAN À VENACO

À Buttiglia d'Aquavita

(La Bouteille d'Eau-de-vie).

Dionysios, Pan et Silène régnaient ce jour-là sur Venaco...

Des processions de gens déguisés — oh ! les bruyants cortèges ! — nous arrivaient même dansant, trébuchant et hurlant, leur Roi de Carnaval en tête, des alentours, de Saint-Pierre, de Casanova, de Poggio-Riventosa. Et les scènes bachiques se succédaient.

Mais, dans l'allégresse — la joie et la folie — l'esprit facétieux des compères et des commères trouvait encore l'occasion d'exciter le rire !

La joie ! en notre temps de vie chère, de deuils, de politique affreuse, ne semble-t-elle pas à jamais bannie ?

Aussi, n'est-ce pas sans un sourire désabusé que nous évoquerons le trait d'esprit d'une accorte commère.

La fête de Carnaval battait son plein. Les impresarii, chargés de l'organiser — de recruter le roi et ses comparses — avaient eu la main heureuse. Le cabaret qu'ils avaient installé sur la place du Piobbico, faisait de belles affaires, grâce aux dons de Venacais généreux, et, surtout, grâce aux « sbires » qui, par leurs « rafles », se chargeaient de l'achalander !

Aussi, Piverellu et Castagnone, les deux habiles impresarii, ne cachaient pas leur joie...

Soudain, un remous dans la foule !

Dans un éclat de rire arrivent sbires et commères, en criant avec un grasseyement typique :

— Avvemu arrestadu cumare Tintenna [1] !

Et Tintenna, la spirituelle commère, s'avançait, encadrée, sautillante et légère, lançant force lazzis...

Elle s'inclina devant « le trône d'osier », installé devant le comptoir du cabaret, où prônait le roi Carnaval — *impulpitradu* !

— Ô jo Re ! je me soumets d'avance à votre décision ! Je ne demande pas de faveur ! Suis-je une pauvresse ? N'ai-je pas ma maison pleine de tout : *u furmagliu di tre anni pienu u caggiale ! u porcu di 200 kilo appicadu sottu a rada ! u vinu vecchiu e anch'u l'aguavita chi sfende e pedri* [2] !

Le roi Carnaval avait d'abord froncé les sourcils à l'annonce de l'arrestation de cumare Tintenna ; mais, perspicace, il ne tarda pas à se douter qu'il y avait « anguille sous roches »... Et, tel le soleil, un instant caché par une mer de nuages, réapparaît dans une éclaircie et radieusement enflamme le Ciel, la figure d'abord renfrognée du roi, reprit son expression de folle gaieté :

— *Cundannu Cumare e suggeta Tintenna a porta subitu un litru d'aquavita* [3].

∴

Elle ne tarda guère à être de retour, l'accorte et pimpante Tintenna, portant une bouteille pleine, aussi transparente que cachetée, qu'elle remit à l'imprésario Castagnone :

— Eccu qui una aquavita ! Un ci nè, in Corsica nè in Cervioni ! Un bi fera mica male... a vi assicuru [4] !

— Je demande à goûter cette superfine ! dit le roi.

Chose curieuse, comme si un mot d'ordre avait circulé, les consommateurs eurent le même désir que le roi. Il n'y avait que cette seule bouteille. Castagnone s'empressa de la décacheter et d'emplir les petits verres qui se tendaient vers lui. Alors, ce fut un concert d'éloges :

— *Quesla ci l'aquavila... à 30 gradi almenu.*
— *Face a curona anch'u in du bicchieru...*
— *Sveglia i morti* [5] !

Piverellu, à l'autre coin du comptoir, cria à son associé :

— Qu'attends-tu pour me faire goûter cette eau-de-vie ?

— Tu peux t'en passer ! Bois du vin... Pour éviter la tentation d'en boire, *un daju mancu muscada* [6] !

Mais Piverellu pouvait-il endurer ce supplice de Tantale ? Il tendit un long bras, et sa main légère attira vers lui la divine bouteille ! Il goûta... mais, aussitôt, dans une grimace, il rejeta la gorgée.

— *Pouah ! marufia ! e aqua pura* [7] !

Et, croyant pertinemment que son associé Castagnone s'était moqué de lui, en remplaçant Vaquavita di primu spiritu, par de Vaqua simplex, en jurant un Per Diu sané, il s'élança sur lui... Il y eut bataille et chambardement...

Et, tandis qu'on séparait les deux impresarii... que le roi et ses comparses faisaient — dans une scène à la Rigadin — main-basse sur les flacons et les biscuits... tout en riant à gorge chaude :

— Je n'eusse jamais cru, opinait la fine mouche de Tintenna, que l'eau pure et cristalline de la fontaine

Licciola, une fois cachetée, avait le don de surexciter à ce point les esprits !

....

Mais où sont les Carnavals d'antan ?

1. Nous avons arrêté commère Tintenna !

2. Du fromage vieux de trois ans dans ma cave ; deux cents kilos de viande de porc suspendus au séchoir ; du vin vieux et de l'eau-de-vie « qui fend les pierres ».

3. Je condamne Commère et sujette Tintenna à apporter immédiatement un litre d'eau-de-vie.

4. Voici de l'eau-de-vie ! il n'y en a pas de meilleure en Corse ni « en Cervione » ! Elle ne fait pas de mal, je vous assure !

5. de la bonne eau-de-vie à 30 degrés — Elle fait « la couronne » dans le verre. — Elle ranimerait un mort.

6. Je ne l'ai même pas « humée ».

7. C'est de l'eau pure !

VIEUX DICTONS

Altiani... et ses « Aulx »

Les Maures — racontent les vieilles chroniques — après avoir brûlé Vezzani (sans doute avant 1014, et leur fameuse défaite de *Muga-Hid*), franchirent le Tavigno et se présentèrent devant Altiani. Les habitants, terrorisés, afin d'épargner à leur village le sort de Vezzani, arborèrent un drapeau blanc.

L'envahisseur, étonné d'une victoire si facile, crut pouvoir imposer des conditions par trop draconiennes : à part une forte rançon, les disciples de Mahomet exigeaient — clause horrible — « que toutes les filles et les femmes leur fussent livrées ».

Les habitants du quartier « Chiasso » n'obtempérèrent point à ces conditions déshonorantes.

Les Maures eurent beau s'acharner contre ce quartier, multiplier leurs attaques ! Les Corses, soutenus par une énergie farouche, repoussèrent tous leurs assauts et l'armée maure, décimée, dut battre précipitamment en retraite.

Un épisode épique se déroula sur la *piazza Mauraccia* : tous les Maugrabins qui s'étaient aventurés sur cette place furent exterminés, sans quartier... Que de faits, dignes de mémoire, ont leur source commune dans la vieille cité... Avec quel contentement nous nous laisserions aller à décrire ses vieilles maisons plus que millénaires, entre autres celle qui surplombe la pointe extrême du Rocher (A Cima), maison appartenant à la famille Frigosini.

... Mais nous sommes délibérément sorti du cadre de cette étude. Cette digression captivante nous a entraîné.

Point n'est besoin, en effet, de remonter aux temps nébuleux du « Cycle de Charlemagne », où le Croissant et la Croix se disputaient le monde ! Altiani a une « célébrité » plus moderne... et moins sanglante.

Indubitablement, le territoire d'Altiani, avec ses coteaux ensoleillés, est le pays du blé. Une année, ses habitants quittant la culture ancestrale, qui avait fart la richesse de leurs aïeux, se livrèrent à la plantation des aulx. Oncques ne vit plus grande plantation ; et, plus miséreuse récolte

Les Altianais qui avaient escompté un rapport colossal, tombèrent... dans « la mouïse ». Hélas, ils avaient été ruinés... et non sauvés... par les aulx ! Et, les compères d'*Erbajolo*, de *Focicchia*, de *Piedicorte*, de *Giuncaggio*, de *Nocela*... en faisaient — les braves cœurs — leurs gorges chaudes :

— *E ch'avede piantadu o cumpa ?*
— *Aggiu piantadu l'agli.*

— Umbé ! perche avede piantadu tanti agli ? L'avede fala a bella prova ! Averiste fattu mégliu a pianta u granu... Site stadu scemu, o cumpa... Un piantade piu agli ! l'agli... l'agli [1]...

....

Touristes qui passez par Altiani, si vous aimez l'aïoli, ce plat où se trouve condensé le soleil, qui donne l'appétit, la fringale même, aux malheureux atteints d'anorexie, employez, de grâce, une périphrase pour parler de 1'... l'ail... puisqu'il nous faut prononcer ce nom abhorré !

∴

Toutefois, s'il est tacitement défendu de prononcer ce nom exécré — l'ail, — il n'est pas défendu d'en consommer... Néanmoins, nous prévenons les marchands d'aulx : la prudence, la circonspection sont ici de mise.

Un exemple prouvera surabondamment qu'avec du tact et de la mesure... on peut vendre des ails à Altiani.

....

Un marchand ambulant, son mulet chargé d'aulx, venant de *Focicchia*, se dirigeant sur *Piédicorte-de-Gaggio* fut obligé — à moins de prendre la voie de l'épervier — de passer par Altiani. Avant d'entrer dans la petite cité, il cacha « sa marchandise » et se disposa à franchir en vitesse l'endroit dangereux, c'est-à-dire Altiani...

— *Chi vindite ?* criaient les ménagères au marchand pressé.

— *Volontieri chiameria a mio mercanzia, répondait le pauvre marchand d'ails, u mio piacere seria di vendirla — so belli, m'anc' unu guastu — ... Ma un da possu mica di...*

— *Chi vindite ?*

— *E un da possu mica di...*

Les Altianais croyant à une plaisanterie s'apprêtaient à faire un mauvais parti au pauvre marchand d'aulx...

Ce dernier voyant qu'il ne pouvait se dérober, découvrit sa marchandise :

— *Adessu avede a prova ! giudicate ! a vedete c'un da possu mica di* [2] ?...

Ce fut à lui bien avisé d'avoir agi de la sorte...

On lui acheta ses aulx — le village en manquait, nos lecteurs en connaissent la cause — ... et les Altianais furent les premiers à rire de la pusillanimité du marchand qui manquait vraiment de hardiesse...

Mais, qui oserait affirmer que, pendant toute la durée du trafic, le nom de l'... — du légume, genre d'oignon, à l'odeur très forte, que les Romains appelaient allium — qui osera affirmer, disons-nous, que ce nom de l'...fut prononcé ? ne fût-ce qu'une petite fois...

1. — Eh ! qu'avez-vous planté compère !

— J'ai planté des aulx.

— Peuh ! pourquoi en avez-vous planté une si grande quantité... Quelle preuve vouliez-vous faire ? Vous auriez mieux opéré en semant du blé ! Vous avez été bien mal inspiré, ô compère... en plantant tant d'aulx... l'ail, l'ail, l'ail...

2. — Que vendez-vous ?

— Volontiers je crierais ma marchandise. Tout mon plaisir consisterait à vendre — ils sont beaux... il n'y en a pas un seul de gâté. — mais je ne puis pas nommer cette...

— Que vendez-vous ?

— Eh ! je ne puis pas le dire !

Maintenant vous voyez et vous jugez s'il m'était permis de crier ma marchandise...

VIEUX DICTONS

« Se la va...[1] »

Corte fut notre capitale, le donjon de nos libertés, le refuge des patriotes, l'ultime résistance nationale.

La vieille ville « la Lacédémone », de Paoli, s'accroche encore à un rocher, qui s'élève à 110 mètres, au milieu de la verte campagne, taillé si hardiment qu'il forme une véritable forteresse naturelle.

Sur ce rocher, une multitude de ruelles, combien pittoresques, s'enchevêtrent, tel un labyrinthe, et grimpent jusqu'au sommet où se trouve la *citadelle*.

La nouvelle ville va s'étendant vers le Nord et vers l'Est.

Les alentours de la cité sont admirables, tout en contrastes, en jolis effets de paysages.

L'horizon est barré à l'Est par les montagnes du Bozio et de Piedicorte ; à l'Ouest, par les gorges profondes, on entrevoit le masssif du Rotondo...

Dans le cirque immense où roulent le Tavignano et la Ristonica, les souvenirs historiques d'un passé prestigieux se pressent en foule. C'est, au lieu-dit San-Giovanni, l'emplacement du *Cenestum*, la ville romaine ; les ruines du château de Tizzani, où périt Anton Padovano de Casanova, victime de son amour filial ; une vieille église à *Santa-Mariona* — église à double abside qui est auréolée d'une légende mauresque — l'ancien couvent de Saint-François datant de 1360, etc., etc.

Mais, le but de cette chronique n'est pas d'évoquer le passé historique de Corte : la construction en 1420 du « château-fort » par Vincentello d'Istria ; la victoire de Thermes et de Sampiero en 1553 ; la « Consulte du 30 janvier 1735 » où fut votée « la Constitution corse », rédigée par Sebastiano Costa ; le siège tenace et meurtrier du 7 juillet 1746 ; le dernier « Consulat » de Paoli en 1768... Ni la description des remarquables promenades de notre métropole du tourisme.

Notre dessein — plus prosaïque, est de rappeler un vieux dicton cortenais — une simple conjonction de subordination — qu'il faut toutefois éviter d'émettre, en raillant : *Se la va...*

∴

Le vieux dicton : *Se la va...* est tiré d'une farce dont le tour plaisant et malin, la pointe d'astuce, en font oublier la légère inconvenance.

Petite duperie, en effet, que celle de Béniaminu amenant son père, U gio Petru, un vieil avare, à régaler quelques amis, en regard — ô Molière ! — des mystifications faites par

Léandre à Géronte, ou par Cléante à son père Harpagon ?

D'ailleurs, et il faut le dire à sa gloire, U gio Pelru, très riche cortenais, n'avait pas encore atteint la sordidité d'Harpagon : il *donnait* encore le *bonjour*... Mais, c'était la seule chose qu'il sacrifiât avec plaisir...

Sa demeure était fermée, telle une prison ; et son fds, le généreux Béniaminu, souffrait de tant de lésinerie...

Or, un premier avril — jour où les farces innocentes sont permises — Béniaminu réunissant un groupe d'amis leur confia :

— *Se la va...* nous ferons ripaille... *Se la va...*

Et, sans autres explications, il les conduisit en sa maison.

....

U gio Petru ne vit pas, sans surprise, envahir sa demeure par cette ribambelle de jeunes gens :

— *Chi ce, ô Béniami ! tuttu su mondu ?*

— *Tuttu ci porta a spéra*, lui confia Benjamin discrètement à l'oreille...

Se la va... Stacca un salsicciu et da due o tre buttiglie di vinu « di dareddu à scala »... Se la va [2]...

U gio Petru, bien à contre-coeur — cela se comprend — décrocha le plus petit des saucissons qui pendaient par centaines au plancher fuligineux...

68

— *Staccane puru dui altri*, lui conseillait Beniaminu. *Stacca puru... Se la va... Se la va* [3]...

Aux saucissons succédèrent des tranches de « cope » et de « lonzi » ; ... les bouteilles vides étaient remplacées par des pleines... Et entre chaque bouchée, les joyeux convives répétaient le mystérieux leitmotiv :

— *Se la va... Se la va... Se la va...*

U gio Petru questionna même un invité :

— Ô Orsu-Pa ! poi spiegami st'affare ?

— Umbé ! o gio Pé, un sabber... Se la va... Se la va [4]...

Enfin, le dernier convive a quitté la salle...

— Ora, dimi perché, ô Beniami m'ai fatu fa stu pranzu ?

— Unda dicerei a nisunu : U Boia e mortu... ho fallu a dumanda per ave a piazza... Se la va... Se la va [5]...

1. Le même dicton : Si ça marche,... existe dans d'autres villages corses... Corte est notre capitale... À tout seigneur, tout honneur !

2. Qu'y a-t-il Benjamin ! Que veut tout ce monde ?

— Tout nous porte vers l'espérance... Si ça marche... Détache un saucisson et sers-nous deux ou trois bouteilles de « derrière les fagots »... Si ça marche...

3. Détachez-en deux autres... Tu peux y aller... Si ça marche.

4. — Ours-Paul, peux-tu m'expliquer ce mystère ?

— Mon Dieu ! Monsieur Pierre, je ne saur... Si ça marche... Si ça marche...

5. Maintenant explique-moi, Benjamin, pourquoi tu m'as poussé à faire ce régal ?

— Tu ne le diras à personne : le bourreau est mort... j'ai sollicité sa place... Si ça marche ... Si ça marche.

∴

Voilà ce que je pouvais retenir du travail de recueil de légendes anciennes réalisé par Jean-Marc Salvadori dans mon propre ouvrage sur l'âme corse. Ce n'était pas rien et m'éclairait sur la mentalité, l'esprit et, oui, ce qu'il est possible de qualifier d'âme corse, d'une certaine manière. En tout cas, ces lueurs m'émouvaient et me renvoyaient à mes propres fantômes. Un jour, alors que je montais tranquillement le chemin vers la spiscia di l'Onda (la cascade de l'Onda, j'adorais ce nom), une vieille voisine du quartier m'interpella par le prénom de mon père, elle avait reconnu la silhouette familiale, c'était touchant, cette vision à travers le temps qui passe. Et l'anecdote confortait le sens de ma présence à Venaco, le village de mes grands-parents. La fierté d'être corse.

Certains disent que la société corse est victime d'une violence endémique. Mais comme le rappelle Alain Bauer, professeur au Conservatoire national des arts et métiers, responsable du Pôle sécurité défense renseignement, la multiplication des violences autour des stades est simplement le signe que dans toute la France, « les supporters sont à l'image d'une société plus violente ». Le particularisme corse a parfois bon dos. Le racisme anti-corse, aussi stupide que toute forme de racisme, existe.

L'universitaire Agnès Rogliano-Désidéri a démontré le rayonnement du principe de la métempsychose, en particulier dans la culture corse (« les métamorphoses de l'âme ou les surgissements d'une identité en miroir »). Je cite la 4e de couverture d'un livre qu'elle a écrit avec son père, Jean-Claude Rogliano, « Contes et légendes de Corse », aux Éditions Clémentine : « En Corse, le chemin des légendes ne traverse pas seulement des contrées givrées de reflets d'épopées et de peurs merveilleuses : aujourd'hui encore, dans des villages du bout du temps, les signadore pourchassent les esprits malfaisants et guérissent parfois les hommes ou les bêtes en égrenant leurs prières magiques ; à travers des forêts où les arbres sont plus que des arbres, chasseurs d'âmes et bergers des morts, les mazzeri hantent toujours les rives des torrents ; les eaux troubles où, toujours aussi monstrueuse, gît la Biscia, sont peut-être aussi le marécage des peuples sans mémoire, ceux qu'on a amputé de leur surnaturel... C'est en tout cas ce qu'on est tenté de croire en cette île où, pour ne pas être orphelin de son âme, l'homme compose avec ses mirages. C'est pourquoi la frontière entre l'imaginaire et le réel y est plus incertaine qu'ailleurs : au carrefour de l'histoire et du mythe, Cardone, vieux, infirme, dérisoire, à sa manière de refuser le versement de l'impôt des deux seini au collecteur génois, déclenche une révolution ; le temps d'un banquet nocturne, en travestissant les siens des tares dont les accuse l'oppresseur, Pompiliani donne à une dragonnade un dénouement inattendu. Et ainsi, tour à tour, côtoyant burlesque ou tragédie, héros authentiques et bouffons, prélats ventripotents et soudards, magiciens et malebêtes, filles lunaires ou des ténèbres enfourchent contes et légendes. Pour les hommes et les femmes de cette île, de leurs angoisses, de leurs espoirs, ils sont autant de clés, de passerelles, de miroirs ou de signaux d'alarme. » ; « une incursion au cœur de l'âme corse, avec son imaginaire nourri d'une réalité parfois cruelle », ce « merveilleux sombre » qui caractérise la Corse, « une montagne dans la mer » : « Ce "merveilleux sombre" est universel et expressément symbolisé par la fusion d'Éros et Thanatos. La fusion de l'amour et de la mort, souvent représentée au cinéma et dans la littérature, procède des peurs et des fantasmes de l'imaginaire ancestral qui s'exprime initialement dans les contes et les légendes. En Corse il est justement en rapport avec cette proximité de la mort dont il était question et correspond donc particulièrement à l'âme de notre peuple. » (interview des auteurs par

Jacques Renucci, 30 juin 2019, www.corsenetinfos.corsica).

∴

Venaco s'identifie à la tradition pastorale : « Venaco peut être considéré comme le berceau du Parc naturel régional de la Corse. Situé au pied du Monte Ritondu (2.625 m) et du Monte Cardu (2.454 m), la région du venacais s'étend vers la plaine jusqu'au pont d'Altiani à 200 mètres d'altitude.

Ce village se situe sur le parcours de transhumance qui autrefois menait les bergers de la plaine de la région d'Aléria aux alpages des massifs environnants. L'élevage s'est aujourd'hui sédentarisé sur des terres anciennement vouées à la culture céréalière. Il suffit de regarder les terrasses, les aires à blé (aghje), les paillers (pagliaghji), les moulins à châtaignes et à olives pour comprendre ce que pouvait être naguère la vie rude mais prospère de cette région.

La Foire du Fromage de Venaco, chaque premier week-end de mai, y célèbre le pastoralisme par la promotion des fromages fermiers corses.

On peut y goûter le fameux fromage « u Venachèse ».

Les habitants du village aiment aussi à rappeler une page d'histoire : la bataille du

Vecchju : « On a longtemps considéré que le 8 mai 1769 était la dernière bataille que Pasquale Paoli avait livrée aux Français. Mais, après cette défaite écrasante, Paoli ne perd pas tout à fait courage et songe à défendre la ligne du Vecchju. Il organise la résistance aux côtés de son frère Clément et de Jacques Abatucci, alors que le peuple perd peu à peu espoir. Le comte de Vaux, qui dirige l'armée française, ne tarde pas à se montrer sur la rive gauche du Vecchju avec 10 000 soldats, alors que Paoli ne dispose que de 600 hommes. Commencée le 2 juin, la bataille durera quatre jours, au cours desquels les Corses se battent à un contre vingt, au corps à corps, à l'arme blanche. Pasquale Paoli et ses fidèles gagnent les hauteurs de Ghisoni, le Fium'Orbu puis Portu Vecchju où les vaisseaux anglais les amenèrent à Livourne. »

Pour ma part, je m'apprêtais aussi à prendre un bateau, quitter une fois encore la Corse pour faire un tour sur le continent. La mort dans l'âme.

JEAN-MARC SALVADORI

L'AME CORSE

CONTES, LÉGENDES & VIEUX DICTONS

DE

L'ILE DE BEAUTÉ

Préface de M. l'abbé LUCCHINI

AVIGNON
AUBANEL FRÈRES, ÉDITEURS
IMPRIMEURS DE N. S. P. LE PAPE

75

L'Hymne national Corse

LE « DIO SALVE REGINA »

(1735)

Grave.

Dio. vi Sal - vi Re - gi - na.

E Madre u – ni ver - sa – le

Per cui fa - vor - si sa – le Al pa - ra -

di – so Per cui fa - vor - si sa – le

Al pa - ra - dí - so.

Cantu di Guerra Corsu

Antica poesia Corsa di u 1731
ritruvata da u sgiò Ghiuan
Marcu SALVADORI.

Musica di S. TOMASI.

Mto di marcia.

A - jò! tut - ti fra - tel - li, ch'è l'ó - ra D'er- ma schi - opp'e - di cin - ghie cher - che - ra; Da lu mon - te a lu fiu - me a la

ser - ra Ghi - lu cor - nu rì -
pi - glia su - na. Su -
Riturnella
na - tu è lu cor - nu, un c'è
più ris - cat - tu; A pò - pu - lu
fat - tu bi - so - gn'a mar -
chi - à.

78

Bastia, le vieux port

(illustration : Tomasi, Ajaccio, Bastia)

Sartène, vue générale

(illustration : Tomasi, Ajaccio, Bastia)

Ajaccio

(illustration : Tomasi, Ajaccio, Bastia)

Calvi, vue générale

(illustration : Tomasi, Ajaccio, Bastia)

Aléria

© 2022, Pierre Léoutre
Édition : BoD – Books on Demand,
info@bod.fr

Impression : BoD – Books on Demand,
In de Tarpen 42, Norderstedt (Allemagne)
Impression à la demande

ISBN : 978-2-3224-6899-7
Dépôt légal : Décembre 2022

www.bod.fr